프랭클린의 날아다니는 책방

젠 캠벨 글 | 케이티 하네트 그림 | 홍연미 옮김

달리

프랭클린은 이야기를 좋아합니다. 이야기는 늘 프랭클린의 곁에 있어요.
어두운 밤에도 프랭클린을 따뜻하게 지켜 주지요.
책꽂이로 된 현관문이 바람을 막아 주거든요.

프랭클린이 사는 동굴에는 책이 아주 많아요.
프랭클린은 듣고 싶어 하는 누구에게나 큰 소리로 책을 읽어 주어요.

프랭클린은 인라인스케이트를 탄 아서 왕 이야기나

반죽기로 빵 만드는 이야기,

발레 하는 거미 이야기,

쿵후 하는 박쥐 이야기 등을 읽어요.

해가 지면 반딧불이들이 만들어 준 빛 아래서 책을 읽다가,
(반딧불이들도 프랭클린이 들려주는 이야기를 좋아한대요.)

모두가 잠든 깊은 밤이 되면
하늘로 날아올라 달님 옆에서 책을 읽지요.

종종 동굴 옆에 있는 마을에 가 보기도 해요.
프랭클린은 사람들에게 이야기를 들려주고 싶지만
거리는 텅 비어 있고, 마을은 조용하기만 해요.

PENIZ·3ØIZ

풀 죽은 프랭클린은 터덜터덜 집으로 돌아와
서커스 이야기를 읽고는 침대에 누웠어요.

그림책 수백 권을 이불 삼아 잠에 들면
꿈속에선 바다를 누비는 바이킹 이야기가 펼쳐져요.

그러던 어느 날, 프랭클린은
강가에서 낚싯대를 든 남자를
만났어요.
"으악! 이게 뭐야?"

"저는 프랭클린이에요.
책을 사랑하는 용이죠."
프랭클린은 상냥하게 자기소개를 하고는
악수를 하려고 앞발을 내밀었습니다.

하지만 남자는 소스라치게 놀라서는
낚싯대도 놓친 채 달아나 버렸지요.

프랭클린은 터벅터벅 집으로 돌아와 음악에 대한 책을 읽고는,
생쥐들이 악기 연주하는 걸 도와주었어요.

이튿날 농장 근처에서 프랭클린은 한 아주머니를 보았어요.
"너, 너는 정체가 뭐냐?"
"놀라지 마세요. 저는 프랭클린이에요. 음악이랑 발레를 좋아해요."
이번에도 프랭클린은 악수를 하려고 앞발을 내밀었어요.

그렇지만 아주머니도 하얗게 질려서 비명을 꽥 지르며 달아났습니다.

프랭클린은 다시 집으로 돌아와 우주에 대한 책을 읽고는,
반딧불이들에게 별자리 이야기를 들려주었어요.

다음날 숲속에서 프랭클린은 한 여자아이를 보았어요.

바닥에 떨어진 낙엽처럼
빨간 머리칼을 가진 아이가
나무 아래에서 책을 읽고 있었어요.

"안녕, 넌 누구야?"
프랭클린을 본 아이가 플짝 일어서며 물었습니다.

"나? 나, 나는 프랭클린이라고 해.
별과 서커스를 좋아하는 용이야."
프랭클린이 조심스럽게 앞발을 내밀었어요.

"우아아! 나는 용 진짜 좋아하는데!"
아이가 활짝 웃으며
쭈뼛거리던 프랭클린의 앞발을 덥석 붙잡았습니다.

"내가 지금 읽고 있는 책에도 네가 나와.
진짜 용을 만나게 될 줄이야. 정말 반가워. 나는 루나야."

루나는 프랭클린에게 자기가 읽은 이야기를 들려주었습니다.
수수께끼의 섬, 보물섬을 찾는 해적들, 박쥐와 마법사 같은
흥미진진한 이야기였습니다.

프랭클린도 루나에게 자기가 읽은 이야기를 들려주었습니다.
서커스와 개미핥기, 꽃꽂이와 캐럴, 발레와 쿵후,
애플파이 만드는 법 같은 매력적인 이야기였지요.

루나와 프랭클린은 자신들도 이야기로 이루어진 것 같았어요.

흥미롭게 시작해 짜릿하게 이어지다가 행복하게 끝나는 이야기,
낯선 장소에서 새로운 친구를 만나 깊은 우정을 나누는 이야기요.

프랭클린과 루나는 그들이 알고 있는 이야기를 모두와 나누고 싶었습니다.

그래서 머리를 맞대고 마을 사람들이 깜짝 놀랄 만한 계획을 짰습니다.

생쥐들의 도움을 받아 책꽂이를 들어 올린 다음
밧줄로 꽁꽁 묶었습니다.

소파와 케이크 상자를 옮기고,
만화책들을 줄에 주렁주렁 매달았지요.

그래요, 둘은 프랭클린의 등 위에 작은 책방을 만들었어요!

루나와 생쥐들과 박쥐들, 반딧불이들까지 프랭클린의 등에 올라탔어요.

루나는 긴장해서 숨을 꾹 참았고, 생쥐들은 서로 꼭 붙잡았지요.
반딧불이들도 박쥐들도 모두 안절부절못했습니다.

드디어 프랭클린이 몸을 잔뜩 낮추고 달리기 시작했습니다.

힘차게 언덕을 달려 내려가다가 날개를 쫙 펼쳐
뉘엿뉘엿 해가 지는 하늘로 휘익 날아올랐지요.

프랭클린이 책방을 등에 진 채
내려앉은 곳은 마을 한가운데였습니다.

"그때 그 용이다!"
강가에서 봤던 남자가 소리쳤어요.
"괴물이야!"
또 다른 고함 소리도 들려왔지요.

"이 용은 프랭클린이에요!"
루나가 화난 얼굴로 쏘아붙였습니다.

"프랭클린은 착하고 똑똑한 제 친구예요.
우리가 프랭클린의 책들로
여러분에게 이야기를 들려줄
날아다니는 책방을 만들었어요."

웅성대던 사람들이 모두 입을 다물었습니다.

"만나서 반가워요."

프랭클린이 주춤주춤 사람들 앞으로 다가가서 앞발을 흔들며 인사했습니다.
어느새 마을 사람들은 가만히 프랭클린에게 귀를 기울이고 있었지요.

"여러분과 나누고 싶은 이야기가 아주 많아요.
우리 함께 책을 읽지 않을래요?"

반딧불이들이 책꽂이를 환하게 비추어 주었어요.

박쥐들은 공중제비를 넘고,

생쥐들은 큼큼 목을 가다듬고는 노래를 불렀지요.

얼마 지나지 않아 사람들이 책방에 눈길을 주더니,
프랭클린의 등으로 올라와 책들을 둘러보았어요.

루나가 사람들에게 케이크를 나눠 주자 프랭클린이 이야기를 시작했습니다.

과학자와 남극과 용에 대한 이야기였어요.
모두가 프랭클린의 이야기에 귀를 기울였지요.

얼마나 지났을까요.
"프랭클린, 달빛 아래서 이야기를 듣고 싶어."
루나가 미소 지으며 말했습니다.
모두 프랭클린의 등에서 떨어지지 않도록 서로를 꼭 붙잡았고,
프랭클린은 하늘로 날아올랐어요.

프랭클린은 은은한 달빛을 받으며
나직한 목소리로 책을 읽어 주었습니다.

글_젠 캠벨

영국 동북부에서 성장했고 지금은 런던에 살고 있습니다. 에든버러 대학교에서 영문학 석사 학위를 받았고,
현재 런던에 있는 고서점에서 일하며 시집과 단편소설을 쓰고 있습니다. 유튜브 채널 youtube.com/jenvcampbell과 온갖 책에 대한 이야기를 하는
월간 팟캐스트를 운영하고 있으며 서머싯 몸 상의 심사위원으로도 활동 중입니다. 쓴 책으로 <그런 책은 없는데요>, <북숍 스토리> 등이 있습니다.

그림_케이티 하네트

영국 셰필드에서 어린 시절을 보냈습니다. 웨스트 잉글랜드 대학교에서 일러스트레이션을 전공했고, 이어 케임브리지 예술대학에서 공부했습니다.
2015년 볼로냐 국제아동도서전에서 아르스 인 파불라(ARS IN FABULA) 상을 받았습니다.
그린 책으로는 <어느 날, 고양이가 왔다>, <비구름이 찾아온 날> 등이 있습니다.

옮김_홍연미

서울대학교 영어영문학과를 졸업하고 출판 편집과 기획 일을 하다가 지금은 번역가로 활동하고 있습니다.
옮긴 책으로 <나무 위의 집 사용 설명서>, <작은 집 이야기>, <동생이 태어날 거야>, <도서관에 간 사자>, <말괄량이 기관차 치치>, <조용한 그림책> 등이 있습니다.

FRANKLIN'S FLYING BOOKSHOP by Jen Campbell illustrated by Katie Harnett

Text © 2017 Jen Campbell · Illustrations© 2017 Katie Harnett All rights reserved.
This Korean edition was published by Dahli Children's Books, Inc. in 2018 by arrangement with Thames & Hudson Ltd,
181a High Holborn, London wc1v 7qx through EYA, Seoul.

프랭클린의 날아다니는 책방

젠 캠벨 글 · 케이티 하네트 그림 | 홍연미 옮김

1판 1쇄 펴냄 2018년 8월 16일 | 1판 3쇄 펴냄 2020년 5월 29일

책임편집 정재은 | 디자인 심홍섭

펴낸이 박소연 | 펴낸곳 (주)도서출판 달리 | 등록 2002. 6. 4.(제10-2398호)
04008 서울시 마포구 희우정로 16길 17-5 | 전화 02) 333-3702 | 팩스 02) 333-3703
ISBN 978-89-5998-361-2 77840

성적서 번호 : T2017-09991 공급자적합성확인
검사기관 : KTC(한국기계전기전자시험연구원)
품명 : 도서   전화번호 : 02-333-3702
제조연월 : 별도 표기   제조국 : 대한민국
제조자명 : 한올피앤피   사용연령 : 만 3세 이상
주소 : 서울시 마포구 희우정로 16길 17-5

※주의 : 단단한 책으로 인해 다치지 않도록 주의하세요.
※KC 마크는 이 제품이 자율안전기준에 적합함을 의미합니다.